La leyenda de Roberto Cofresí
Un héroe de Puerto Rico

Escrito por: Janet Balletta
Ilustrado por: Estella Mejía

Traducido por: Ana Morris

Portada diseñada por Estella Mejía
Traducido por Ana Morris
Editado por Maritza M. Mejía

Créditos Fotográficos Contraportada: Monumento de Roberto Cofresí en Cabo Rojo, Puerto Rico por escultor José Buscaglia Guillermety.

WRB Publishing
Palm City, FL 34990
wrb1174@outlook.com

ISBN-13: 978-0-9909040-8-3

Dedicatoria

Para Jacobo, José, Elías, y Julio, quienes quieren explorar el mundo de los piratas y corsarios.

Los capitanes Jacobo y José vivían con su familia en la Florida, en el estado del sol. Pasaban muchas horas jugando a los corsarios en el jardín detrás de su casa, imaginándose aventuras mágicas, y buscando tesoros invisibles. Todo empezó cuando su papá les leyó la historia de Roberto Cofresí, el corsario más fuerte y más valiente de todos los tiempos.

El papá de Jacobo y José trabajaba de noche y volvía a casa durante la madrugada. Siempre entraba a la habitación de los niños calladito para darles un beso en la frente. Usualmente los niños estaban dormidos, pero José, el mayor, algunas veces se despertaba.

—Papá, léeme un cuento para dormir —suplicó José.

—Muy bien, te leeré el cuento de Roberto Cofresí, un corsario famoso de Puerto Rico —dijo su papá.

—¿Qué es un corsario? —Preguntó José.

—Un corsario era una persona empleada por el rey para luchar contra barcos enemigos —dijo su padre.

Hace mucho tiempo, España reinaba sobre Puerto Rico y el rey de España empleó a corsarios para defender la isla. Los corsarios peleaban contra los piratas y después volvían a España para repartir el tesoro con el rey. Los corsarios trabajaban para el rey. Los piratas no trabajaban para el rey. Si detenían a cualquier pirata, lo metían en la cárcel.

—¿Por qué metían a los piratas en la cárcel? —preguntó José.

—Los metían en la cárcel por atacar y por robar otros barcos —dijo Papá.

3

Roberto Cofresí nació en Cabo Rojo, Puerto Rico. De niño, se pasaba el tiempo jugando en la marina admirando las naves que entraban y salían del puerto. Quería hacerse marinero cuando fuera mayor. Su padre pensaba que era una idea loca, pero eso no le impidió a Roberto soñar con navegar por todo el mundo.

—¿Por qué pensaba su papá que era una idea loca? —preguntó José.

—En aquellos tiempos los marineros tenían mala fama —respondió su padre.

Más tarde, hubo hambruna en Puerto Rico y la gente no tenía suficiente para comer. Para entonces, el joven Roberto se había hecho un hábil pescador y podía proveer comida para su familia y sus amigos. Era experto en navegar barcos y quería construir su propio navío. Trabajó noche y día para hacer su primera nave. Se llamaba el Mosquito. Roberto uso el Mosquito para comenzar a trabajar de marinero comerciante.

—¿Por qué le puso a su barco el nombre de mosquito? —José le preguntó a su papá.

—En aquellos tiempos, era tradición ponerle nombre de criaturas inofensivas a los barcos —respondió su papá.

Según la leyenda, el rey contrató a Cofresí para defender Puerto Rico. Una gran tripulación de hombres se unió a Cofresí en la misión de salir a proteger a Puerto Rico. Cofresí conoció gente de diferentes países en los barcos que conquistó. La leyenda dice que Cofresí se hizo gran amigo de un señor de África que se unió a la tripulación. El compañero africano hechizó el barco para hacerlo invisible a los enemigos. Esto los mantuvo bien escondidos de noche.

—¿Qué significa misión? —preguntó José.

—Significa un trabajo o responsabilidad importante —dijo su papá.

Cuando Cofresí encontraba a mujeres y niños en los barcos, los liberaba y los llevaba a islas más pequeñas donde tenían mejor posibilidad de vivir. Se conocía como hombre noble por la compasión que les demostró a las mujeres y a los niños.

—¿Qué quiere decir un hombre noble? —preguntó José.

—Quiere decir que eres bien educado y cortés con las mujeres y con los niños —explicó su papá.

Durante aquella hambruna, la gente de Puerto Rico adoraba mucho a Cofresí por su generosidad con ellos. En agradecimiento, protegieron a Cofresí de las autoridades que lo buscaban, mandándole señales de faros para avisarlo del peligro cercano.

—¿Por qué lo buscaban? —José le preguntó a su papá.

—El rey descubrió que Cofresí había reunido un gran tesoro y lo quería cautivo para guardarse el tesoro para sí mismo —dijo su papá.

Cofresí y su tripulación conquistaron más de cien barcos y tesoros durante su tiempo de corsarios. La gente dice que enterró el tesoro dentro de cuevas de Puerto Rico y Santo Domingo. También dice la leyenda que nadie puede encontrar el tesoro enterrado porque su amigo africano puso un hechizó en el tesoro para que permaneciera invisible. Muchos hombres se han vuelto locos en busca del tesoro.

—¿Tenían mapa para buscar el tesoro invisible? —preguntó José.

—Claro que sí. Tenían mapas que marcaban los lugares donde pensaban que el tesoro invisible estaba enterrado —dijo su papá.

Alguna gente dice que Roberto creía que había una sirena hermosa que le guardaba el barco de noche. Dicen que la sirena le cantaba hasta dormirlo después de un día largo de lucha. Antes de dormirse, Cofresí recompensaba a la sirena por su protección tirándole joyas al mar. De repente, Jacobo preguntó —¿Existen de verdad las sirenas?

—Los marineros creen que las sirenas existen —explicó su papá.

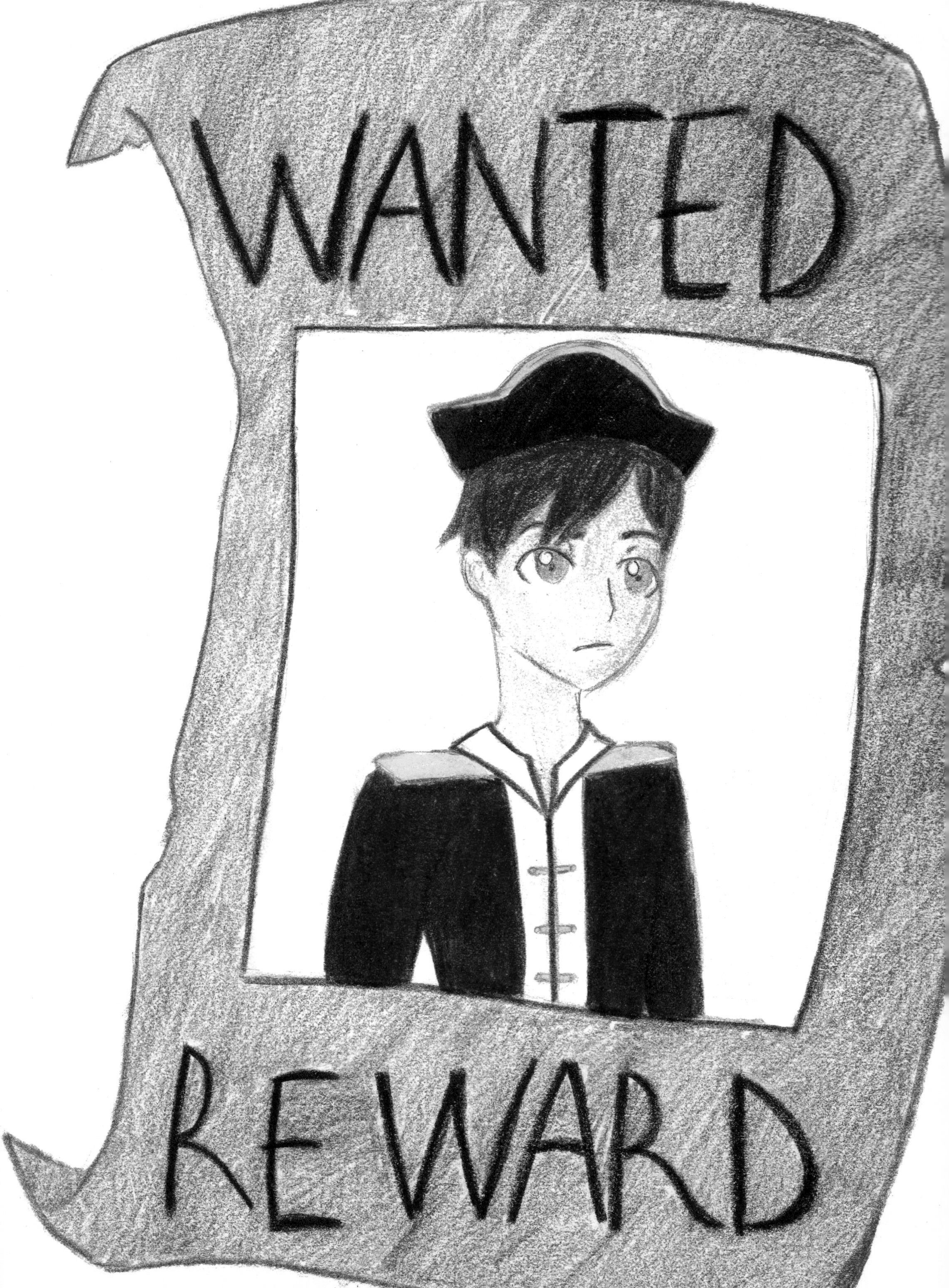
WANTED
REWARD

Eventualmente, el rey se puso tan desesperado para capturar a Cofresí y reclamarle el tesoro enorme, que ofreció un premio muy grande. Cuando se enteró la gente, todos querían encontrarlo para entregarlo a las autoridades para recibir el premio. Cofresí se convirtió en el hombre más buscado de su tiempo.

—¿Qué quiere decir ser un hombre buscado? —preguntó José.

—Quiere decir que buscan a una persona hasta que la encuentren —respondió su papá.

Una tarde Cofresí navegaba en su barco, la Ana, cuando un barco marinero de los Estados Unidos, el Grampus, lo atacó. La lucha duró poco tiempo, pues la Ana no estaba equipada para combatir con el Grampus. Por fin Cofresí y su tripulación fueron capturados y acusados de ser piratas aunque él fue inocente de esos crímenes.

—¿Qué significa acusar? —preguntó José.

—Significa echarle la culpa por algo —explicó su papá.

Encarcelaron a Cofresí y a su tripulación. Nunca se ha encontrado el tesoro invisible, y hasta hoy día hay gente que todavía lo busca. Roberto Cofresí es un héroe puertorriqueño. Su leyenda durará hasta siempre por la bondad y la generosidad que demostró a la gente de Puerto Rico.

—¿Qué es la generosidad? —preguntó José.

—Es dar o compartir con otros —respondió su padre.

—Papá es la mejor historia que nos has contado —dijo José.

De repente, su mamá apareció en la habitación.

—¡Hola, compis! Ya es hora de desayunar —dijo Mamá. Ya veo que llevan otra vez toda la mañana contando historias de piratas —dijo ella.

—¡Quiero ser corsario como Roberto Cofresí! —gritó José.

—¡Yo también! —exclamó Jacobo.

—Pueden navegar los mares o buscar tesoros invisibles cuánto quieran, pero sólo después de terminar el desayuno —les pidió su mamá.

Con muchas ganas de empezar la búsqueda del tesoro, los capitanes Jacobo y José saltaron de las camas gritando —¡ARRR! ¡ARRR! ¡Manos a la obra!

Guía del profesor

Vocabulario:

1. Leyenda (sustantivo): Relato de sucesos tradicionales pasados de generación a generación.
2. Corsario (sustantivo): Una persona contratada por el rey para luchar contra barcos de enemigos.
3. Navegar (verbo): Viajar por mar o por aire.
4. Fama (sustantivo): Reputación de una persona. Noticia o voz pública.
5. Hambruna (sustantivo): Escasez de comida.
6. Noble (adjetivo): Caballeroso, generoso, Ilustre, distinguido.
7. Faro (sustantivo): Torre de señalización luminosa para los navegantes.
8. Generosidad (sustantivo): La cualidad de ayudar y compartir con los demás.

Preguntas:

1. ¿Quién fue Roberto Cofresí?

2. ¿Por qué se le llama el Robín Hood de Puerto Rico?

3. ¿Qué cualidades tenía que lo hacían héroe?

4. ¿Quién lo ayudó a escaparse de las autoridades?

5. ¿Cómo ayudaron las señales de los faros a Cofresí?

6. ¿Qué tipo de magia le hizo el amigo africano al barco?

7. Si tú fueras Roberto Cofresí, ¿qué harías de manera distinta?

8. ¿Qué mensaje nos enseña esta historia?

La leyenda de la sirena Colombiana

Janet Balletta es la autora de **La leyenda de la sirena colombiana**, el cuento de una niña que fue convertida en sirena después de desafiar a sus padres y nadar en el río el día de Viernes Santo. Este cuento presenta un mensaje sobre la obediencia, tradición, cultura, y los valores familiares. En el 2015 **La leyenda de la sirena colombiana** ganó el premio **Mariposa** de los premios **International Latino Book Awards.** Fue nominado candidato para los premios **2015 Christian Literacy.** Y galardonada con el Premio **Purple Dragonfly 2016.** Para aprender más sobre esta leyenda fascinante, visita la pagina web: www.Janetballetta.com
Sus libros están disponibles en Amazon and Barnes & Noble.

Reseñas en Amazon....
"Este cuento enseña a los niños que el tesoro de familia vale más que el tesoro de oro", dice Carol Leonard.

"¡Qué cuento tan increíble para los niños tanto como los mayores! Te recuerda de tu niñez. Es impresionante y hay una enseñanza importante", dice Lynn Psarris.

"Es una nueva y encantadora versión de La sirena. Toma lugar en un pueblo llamado Valledupar en Colombia donde Judith, una niña de diez años, y Tomás de cinco, salen a jugar el Jueves Santo durante la Semana Santa. Judith se distrajo y no se dio cuenta de que Tomás había desaparecido. Al conocer bien la leyenda que se prohíbe nadar en el río el Viernes Santo, Judith supone lo peor. Teme que su hermano pueda ser capturado por la sirena colombiana si no se le encuentra a tiempo. Judith representa la hermana ideal cariñosa hacia su hermano Tomás, al superarla un pánico absoluto cuando no lo encuentra. Lo más importante para ella es encontrar a su querido hermano antes del amanecer el Viernes Santo, porque si no, podría ser demasiado tarde. Como representa la historia, ella imparte la fe, la sabiduría, y la confianza en la búsqueda de encontrar a Tomás", dice Lisa Waters.

CPSIA information can be obtained at www.ICGtesting.com
Printed in the USA
LVIW01n0658150218
566714LV00015B/177